कतरा-कतरा प्यास

कतरा-कतरा प्यास

ग़ज़ल संग्रह

अभिमन्यु प्रताप सिंह

प्रलेक प्रकाशन

प्रलेक प्रकाशन

PRALEK PRAKASHAN

(An imprint of Pralek Publishing House Pvt. Ltd.)

मुख्य कार्यालय : 702, जे-50, ग्लोबल सिटी, विरार (वेस्ट), मुम्बई, महाराष्ट्र-401303

दिल्ली एनसीआर ऑफिस पता : 03/सी, ज्ञान खण्ड-4 इंदिरापुरम, गाजियाबाद, उ.प्र.-201014

E-mail: pralek.prakashan@gmail.com

Website: www.pralekprakashan.com

दूरभाष : +91 7021263557

कतरा-कतरा प्यास

लेखक : अभिमन्यु प्रताप सिंह

Katra Katra Pyas

Author : Abhimanyu Pratap Singh

ISBN : 9789358696073

FIRST PAPERBACK EDITION : 2026

टाईपसेटिंग : जी. आर. एस. ग्राफिक्स

आवरण : प्रलेक स्टूडियो

नोट : प्रलेक प्रकाशन का लोगो मिक्की पटेल की तूलिका से।

समर्पण

मित्र डॉ. शैलेन्द्र कुमार सिंह

एवं

छोटे भाई डॉ. चक्रपाणि मुद्गल (सोनल)

के बहाने अपनी पीढ़ी को

अनुक्रम

आभार

प्रिय बन्धु!

मेरे इस गजल संग्रह को अपने हाथों में लेने के लिए मैं आपको हृदय से धन्यवाद देता हूँ। अपने लेखन के बारे में बस इतना ही कह सकता हूँ कि यह मेरे मन की उधेड़बुन को शांत करने का सबसे आसान उपाय है। इस संग्रह की गजलों में मेरी, मेरे परिचितों की और अखबार, टी.वी., सोशल मीडिया से प्राप्त आमजन की भावनाओं को वाणी देने का प्रयास किया गया है। यह सब आपस में गड्ड-मड्ड हैं। अब यह आप पर है कि इनमें से कौन सी पंक्ति आपको छू जाये। यदि आपको इस संग्रह की एक भी पंक्ति आपकी आपबीती लगी हो, आपके मन को छूती लगी हो, तो मेरा श्रम सार्थक हुआ।

आज के लगभग बारह-तेरह वर्ष पूर्व एक बातचीत के दौरान बचपन के मित्र डॉ. शैलेन्द्र कुमार सिंह ने मेरी तुकबंदियों को सुनकर गजल लिखने की सलाह दी। वाराणसी के वरिष्ठ शायर और मेरे पिताजी के मित्र श्री नईम अख्तर जी ने मेरी शुरुआती रचनाओं को पढ़ कर सुझाव दिया, मेरी हिम्मत बढ़ाई। आज तक वे यह भूमिका निभाते आ रहे हैं। वाराणसी के प्रसिद्ध शायर स्व. मेयार सनेही साहब ने गजल रचना के मूलभूत सिद्धांतों से मेरा परिचय कराया। जब भी मैं राह भटकने लगता हूँ तब छोटे भाई डॉ. चक्रपाणि मुद्‌गल महावत की तरह सिर पर सवार होकर रास्ते पर ले आते हैं। मैं इन सबका शुक्रगुजार हूँ और रहूँगा।

मेरी कुछ गजलों को सोशल मीडिया पर पढ़ कर मेरे कुछ विभागीय वरिष्ठों ने मुझे हतोत्साहित करने का प्रयास किया यहाँ तक कि उन्होंने विभागीय कार्यवाही की धमकी भी दी परन्तु अधिकांश ने मुझे प्रोत्साहित ही किया। प्रोत्साहित करने वाले वरिष्ठों में सेवानिवृत्त अपर आबकारी आयुक्त श्री

रामसागर तिवारी एवं श्री आर. के. निगम सर प्रमुख हैं। गजल की इस यात्रा में विभागीय मित्र श्री राकेश कुमार सिंह, श्री मुबारक अली, श्री अरविन्द कुमार राय, श्री अतुल चन्द्र द्विवेदी, श्री विष्णु प्रसाद दुबे, श्री अखिलेश्वर नाथ सिंह, श्री विनीत पाण्डे निरंतर मेरे साथ रहे। मैं इन सबका हृदय से आभारी हूँ। इन गजलों को छाँटने में आबकारी निरीक्षक विपिन कुमार सिंह ने सहायता की। मैं इनके मंगलमय भविष्य की कामना करता हूँ।

अपने माता-पिता के प्रति कृतज्ञता ज्ञापन करना उद्दंडता का परिचायक है, उनके आशीर्वाद के बगैर तो कुछ भी सम्भव नहीं है। मेरी रचनाओं की प्रथम श्रोता और संशोधनकर्ता मेरी सहधर्मिणी के सम्बन्ध में कुछ भी कहना थोड़ा कहना है। मेरे दोनों बच्चों और मित्रों का उत्साहवर्धन मेरा मार्गदर्शन करता रहा है और मुझे यह विश्वास है कि आगे भी मेरा मार्गदर्शन करता रहेगा।

अपनी लिखी गजलों को मैं फेसबुक पर या व्हाट्सअप स्टेटस पर डाल कर संतुष्ट हो जाता था, इन्हें छपवाने की मेरी कोई इच्छा नहीं थी क्योंकि पिछली दो पुस्तकों के प्रकाशन के बाद प्रकाशकों के व्यवहार से मन उचाट हो गया था, मेरी छपास की बीमारी का मुकम्मल इलाज हो चुका था। लेकिन प्रलेक प्रकाशन के श्री जितेन्द्र पात्रो जी ने इन गजलों को छापने में रुचि दिखाई और पिछले अनुभवों की पुनरावृत्ति न होने देने का आश्वासन दिया, जिसके फलस्वरूप आज यह संग्रह आपके हाथों में है। इसके लिए मैं जितेन्द्र पात्रो जी का आभारी हूँ।

किसी भी किताब की बिक्री तो कुछ पल की खुशी देती है लेकिन पाठकों की प्रतिक्रिया रचनाकार को लम्बे समय तक खुश रखती है। मुझे फोन, व्हाट्सअप या ई-मेल पर आपकी प्रतिक्रियाओं का बेसब्री से इंतजार रहेगा। अगले संग्रह की प्रस्तुति आपकी प्रतिक्रिया पर निर्भर करेगी।

एक बार पुनः आपको धन्यवाद।

मोदीनगर
09.06.2025

आपका
अभिमन्यु प्रताप सिंह

1

कतरा-कतरा प्यास जगाये बैठे हैं
सावन-भादो आग लगाये बैठे हैं।

मधुशाला के दर से प्यासे लौट पड़े
तेरी आँखों के बहकाये बैठे हैं।

बादल, सागर, दरिया सब बेकार हुए
तेरे लब के जाम सजाये बैठे हैं।

जिस रस्ते से होकर तुमको आना है
उस रस्ते पे पलक बिछाये बैठे हैं।

रात गये जब सारी दुनिया सोती है
ख्वाबों को महबूब बनाये बैठे हैं।

चाँद-सितारे लेकर हमको क्या करना
आँखों में हम तुझे छिपाये बैठे हैं।

2

जिनके दीवान-ए-आम में दस्तार गिर गये
मनसब मिली उन्हें, पर किरदार गिर गये।

फर्शी सलाम जिनकी आदत में हो शुमार
कदमों को जब भी देखें, हर बार गिर गये।

हर दौर में बगावत के सुर किसी ने साधे
परचम उठे रहे हैं, बरदार गिर गये।

लड़ने चले औ' पल में पाला बदल गये
नजरों में जो उठे थे, सरदार गिर गये।

दरबार के झमेले में क्यों पड़े अदीब
उनकी नजर में खटके, घरबार गिर गये।

(दस्तार-पगड़ी; बरदार- उठाने वाले)

3

षड्यंत्रों के चक्रव्यूह में घिरा हुआ है
आम आदमी अभिमन्यु अब बना हुआ है।

परिजन-पुरजन के बाणों पर बाण झेलता
जीवन के इस कुरुक्षेत्र में डटा हुआ है।

सुबह नौकरी, शाम चाकरी को वह दौड़े
जाने किस आपाधापी में फँसा हुआ है।

बीबी-बच्चों की माँगों को पूरा करता
मुर्गे की पाँखों सा देखो नुचा हुआ है।

रिश्तों के बोझों को लादे फिरे अदीब
कमर झुकी पर सीना ताने खड़ा हुआ है।

4

ये सिर तेरे कदमों पे अब तक धरा नहीं
बनते रहो खुदा तुम मैं तो डरा नहीं।

तेरा निजाम आया जब से ओ' बागबाँ
कोई दरख्त गुलशन में अब हरा नहीं।

कैसा अजीब दिल है तेरा ओ' रहनुमा
दिन-रात पी रहा खूँ लेकिन भरा नहीं।

सुलझा रहा हूँ कब से जीवन की डोरियाँ
लेकिन इधर-उधर से मिलता सिरा नहीं।

अपनी जुबाँ से जाने कितने फिरे अदीब
लेकिन हुजूर जैसा कोई फिरा नहीं।

5

इश्क में आबाद हो ऐसा कोई पाया नहीं
इस मुहब्बत को कभी कमजोर दिल भाया नहीं।

लाख उलझन में रहे लेकिन कभी भूली नहीं
बिन खिलाये आज तक माँ ने कभी खाया नहीं।

एक साधू इक कसाई साथ दोनों रह सकें
आज तक संसार में ऐसा धरम आया नहीं।

जिन्दगी का कारवाँ यूँ ही घिसटता जा रहा
राह लम्बी औ' सफर में पेड़ की छाया नहीं।

साथ उनके कट रहे थे दिन कि हों फिरदौस में
हिज्र की रातें कटें कैसे कि इक साया नहीं।

मिल रहे हँस कर रकीबों से गले देखो अदीब
और हमसे कह रहे तुम पे सितम ढ़ाया नहीं।

(फिरदौस-स्वर्ग का बगीचा; हिज्र-विरह, वियोग, रकीब-प्रतिद्वंद्वी, प्रेमिका का दूसरा प्रेमी)

6

इश्क तो बेजुबान है यारों
पर मुकम्मल बयान है यारों।

आँखों आँखों ही तीर चलते हैं
हर जिगर इक निशान है यारों।

साँस में अब वही समाया है
ऐसा होता गुमान है यारों।

बिन कहे हर जवाब मिलता है
इश्क रब की जुबान है यारों।

इश्क को गुनगुना नहीं सकते
इक हकीकी जुबान है यारों।

(हकीकी-ईश्वरीय, खुदाई)

7

सबके अपने कुरुक्षेत्र हैं, सबको खुद लड़ना होगा
जीवन की इस समरभूमि में खुद अर्जुन बनना होगा।

अब ना कोई कान्हा होगा, राह हमें दिखलाने को
अर्जुन को खुद कान्हा बन कर दुश्मन से बचना होगा।

कुछ मित्रों को हमने छोड़ा, कुछ ने हमको छोड़ दिया
अब खुद ही तलवार उठा कर लड़ने को सजना होगा।

कुछ पल ऐसे आते हैं, अपने दुश्मन बन जाते हैं
रिश्तों के इस चक्रव्यूह में अपनों से भिड़ना होगा।

क्या खोया क्या पाया हमने, और किसी को नहीं पता
सम्बन्धों के कर्जों को खुद हमको ही भरना होगा।

8

फाइलों को बाँध कर डाले हुये हैं
इस तरह सिरदर्द वे टाले हुये हैं।

कान मीठे बोल सुनने को तरसते
साहबों की जीभ पर छाले हुये हैं।

वायदे उनके बड़े सच्चे लगें, पर
झूठ के साँचे में वे ढ़ाले हुये हैं।

एक कागज को लिये तू सुबह भटके
शाम तक कागज कई काले हुये हैं।

वे सुनेंगे बात अपनी भी अदीब
आप अब तक यह भरम पाले हुये हैं।

9

आँख बंद कीजिये कि देखना गुनाह है
रोशनी तलाशना, बिखेरना गुनाह है।

कान आपके खुले, जुबान खूब चल रही
यूँ जुबां न खोलिये कि बोलना गुनाह है।

हाथ पैर हिल रहे कदम भी हैं बहक रहे
हाथ पैर रोकिये कि डोलना गुनाह है।

दौर है अजीब सा अजीब से खयाल हैं
बादशाह से सवाल पूछना गुनाह है।

आप सोचते रहें कि लोग बेगुनाह हैं
वो किताब लिख चुके कि सोचना गुनाह है।

10

खौफ तारी है दिलों पे इस कदर
अब गधे भी शेर लगते इस कदर।

दिनदहाड़े वे चुरा लें आफताब
रात भारी है दिनों पे इस कदर।

मुँह छिपाये डोलते सब हैं यहाँ
खून से तर आस्तीनें इस कदर।

आम हो या खास यूँ हैरान हैं
एक गूँगा बोल बैठे इस कदर।

लोग घर में यूँ दुबकते हैं अदीब
गिर रही हो बर्क सर पे इस कदर।

(आफताब-सूर्य; बर्क-बिजली)

11

आपदाएँ आ रहीं, अवसर बनाना सीख लो
दूसरों के दर्द में अब मुस्कुराना सीख लो।

बाढ़, सूखा औ' महामारी हमेशा आयेंगी
लोकसेवा के बहाने धन कमाना सीख लो।

दूसरे का घर जले, कोई गिला शिकवा नहीं
तुम पराई आग में रोटी पकाना सीख लो।

सेल्फियों का दौर है, मौके हजारों आ रहे
कैमरे के सामने आँसू बहाना सीख लो।

माफ कर देंगे तेरे सारे गुनाहों को अदीब
बस चुनावी साल में गरदन झुकाना सीख लो।

12

हवा फागुन की यूँ चलने लगी है
पपड़ियाँ होंठ की फटने लगी हैं।

कहाँ तक आप मेरे साथ होंगे
जमीं पैरों तले हिलने लगी है।

कहीं बरबाद तुम भी हो न जाओ
हमारी आदतें मिलने लगी हैं।

दवा का अब असर होता नहीं है
दुआ में गालियाँ घुलने लगी हैं।

सियासत की खुमारी सर चढ़ी यूँ
बिना घी आग अब जलने लगी है।

शिकारी बाज सी उनकी निगाहें
हमारी सोच पर गड़ने लगी हैं।

यहाँ रहना नहीं मुझको अदीब
फजा में साँस अब घुटने लगी है।

13

गुफ्तगू तुमसे हुई औ' रूबरू खुद से हुआ
कुछ पलों में शख्स पैदा इक नया जैसे हुआ।

बीच में तुम आ गये या राह मेरी खुद मुड़ी
सोचता हूँ अब तलक वो हादसा कैसे हुआ।

आपसे मिलना-बिछुड़ना खूबसूरत हादसा
धूप में बारिश सरीखा सिलसिला जैसे हुआ।

गुलमुहर की शाख से सिंगार फिर झड़ने लगे
जेठ भी सावन बना जब सामना तुमसे हुआ।

(सिंगार-हरसिंगार)

14

आँख में आँसू अगर आये तो रुकना चाहिये
और हर कतरे को फिर सैलाब बनना चाहिये।

बुलबुलों के घोंसलों को नोचने कोई लगे
बाग के हर फूल को शोला उगलना चाहिये।

गर जुबाँ काटे कोई तो इस कदर आवाज हो
कान के परदे फटें औ' खून बहना चाहिये।

पंख नोचे जायँ तब भी हौसला खोना नहीं
तीर का हमवार बन परवाज भरना चाहिये।

कोठरी में कैद करना चाहते हैं वे हवा
साँस की आँधी चले, दीवार ढ़हना चाहिये।

इस जमीं से बेदखल कोई तुम्हें करने चले
पाँव की कलमें लगा जंगल सा उगना चाहिये।

आज बारिश तेज है, इक दिन जलेगा आसमाँ
शर्त है उस दिन तलक ये दिल सुलगना चाहिये।

15

बहार बन के सँवरने का हक तो रखते हैं
खिजाँ के दौर में खिलने का हक तो रखते हैं।

बिछड़ गये थे मगर याद जिनकी आती रही
किसी मुकाम पर मिलने का हक तो रखते हैं।

जुबान काट ली तुमने बयान से पहले
मगर निगाहों से कहने का हक तो रखते हैं।

खुशी की राह में हर गाम जब उदासी मिले
गमों की रौ में सिसकने का हक तो रखते हैं।

किसी के साथ अगर जी नहीं सके तो क्या
किसी के वास्ते मरने का हक तो रखते हैं।

शरीक जिसने किया है दुआ में सारी उमर
हम उसकी राह में बिछने का हक तो रखते हैं।

तुझे पसंद नहीं था कभी अंदाज-ए-अदीब
मगर ऐ जिन्दगी, जीने का हक तो रखते हैं।

(खिजाँ-पतझड़; गाम-कदम)

16

पाप-पुण्य की परिभाषाएँ बदल गईं
नैतिकता की दसों दिशाएँ बदल गईं।

शोषित, वंचित के सिर पर जब मुकुट धरा
पल भर में उनकी भाषाएँ बदल गईं।

धर्म, न्याय की माँग पुरानी बातें हैं
सत्ता पाकर अभिलाषाएँ बदल गईं।

जिनके बल पर स्वप्न सुहाने देखे थे
वे बदले, सारी आशाएँ बदल गईं।

नवयुग में गूगल ही सबका शिक्षक है
पहले वाली जिज्ञासाएँ बदल गईं।

17

खुली सड़क पर जनसेवक बनने को नंगा नाचे
वहीं किनारे खड़ा पहरुआ शांति पाठ को बाँचे।

तार-तार मर्यादा को अब कैसे रफू करूँ मैं
लोकतंत्र की फटी चदरिया लेकर अम्मा जाँचे।

हरदम भौंक रहा था हम पर, अच्छा आज मिला है
सेवक-नौकर दोनों मिलकर वाचडॉग को खाँचें।

लोकतंत्र की फसल लूटने को आतुर रखवाले
खट्टे दाँत हमें बतलाते आम अभी तक काँचे।

मुरगा-दारू, जात-बिरादर के खाँचों में बाँटे
सीधी मूर्ति कैसे निकले जब हो टेढ़े साँचे।

18

मधुशाला के द्वार तोड़ कर बाहर आना होगा
अब शायर को जनता का दुख-दर्द सुनाना होगा।

हाला, प्याला, मधुबाला के गीत बहुत तुमने गाये
राह किनारे रोती लड़की को बहलाना होगा।

शाहों की महफिल में तुमने इरशादें बुलवाईं
उनके जालिम आदेशों का सच बतलाना होगा।

प्यार, प्रीत, मनुहार, अदाओं से अब ऊब चुकी है
जनता को शिव का तांडव संगीत सुनाना होगा।

माशूका के लब से तुमने अपनी प्यास बुझाई
अब प्यासे खेतों तक दरिया को पहुँचाना होगा।

शोख नशीली आँखों में थी कितनी रात बिताई
उन आँखों को दिन का नंगा सच दिखलाना होगा।

तिल पर वारा समरकंद औ' छोड़ा शहर बुखारा
उनके बाशिन्दों के हर गम को अपनाना होगा।

(इरशाद-आदेश, सलाह, मुशावरे में शायर को शेर पेश करने की अनुमति)

19

जिन्दगी इक फासला रख रोज ललचाती रही
मौत अपनी हमसफर थी साथ में आती रही।

रहगुजर कोई रहे दोनों हमेशा साथ हैं
एक बहलाती रही, दूजी नजर आती रही।

एक आँखों में कटी औ' एक बाँहों में तेरी
मौत क्या है जिन्दगी क्या, रात बतलाती रही।

कैद में रक्खे हुये है लालची मन रूह को
फैसले मन के रहे औ' वो सजा पाती रही।

सादगी औ' प्यार से भी बीत सकता था सफर
रोब, रुतबे, दुश्मनी में जिन्दगी जाती रही।

जिन्दगी औ' मौत की है जुगलबंदी क्या हसीं
मौत के आगोश में भी जिन्दगी गाती रही।

जिन्दगी उम्मीद के साये में पलती है अदीब
आँसुओं के दरमियाँ भी आँख मुस्काती रही।

20

एक चेहरा जिन्दगी का नूर बन कर खिल गया
मैं इबादत कर रहा था वो दुआ सा मिल गया।

थी फिजा में शोखियाँ बुलबुल तराने छेड़ती
फूल झड़ते ही गये कोई शजर जो हिल गया।

कोठरी में कैद हो सारे सितारे सो गये
बारजे से झाँकता वो चाँद किस मंजिल गया।

नर्म नाजुक उँगलियों को जुल्फ में वो फेरती
गुनगुनाती जा रही थी साथ मेरा दिल गया।

बावले तूफान सा दिन-रात मैं फिरता रहा
एक बल खाती नदी सा वो मुझे फिर मिल गया।

जो उमड़ कर आ गई थी हाथ उसका थामने
आज गुमसुम उस नदी की धार तक साहिल गया।

(शजर-पेड़, वृक्ष)

21

रक्तबीजों की तरह फैले हुये
हर कदम पर खून जनता का पिये।

रोशनी का कत्ल करते जा रहे
तीरगी को जिन्दगी देते दीये।

जीवहत्या पर कड़ा कानून है
भेड़ियों को छूट कुछ देते हुये।

चातकों की पीर सुनना है मना
बादलों को बाँध कर वे रख लिये।

कोयलों को कैद में डाला गया
दादुरों के गीत पर ठुमके हुये।

नेवलों के पाँव में बेड़ी पड़ी
साँप जब से मंतरी उनके हुये।

हर घड़ी हाराकिरी की शर्त थी
मर गये हम शर्म से जीते हुये।

(तीरगी-अँधेरा)

22

दहशत-ए-बर्क से हमको न डराओ यारों
पहले सिर पे मेरी इक छत तो दिखाओ यारों।

एक सैलाब मेरे घर से अभी गुजरा है
कोई दीवार खड़ी हो तो बताओ यारों।

घर की चौखट, किवाड़, खिड़कियाँ नीलाम हो गईं
आँधियाँ अब क्या उड़ायेंगी सुनाओ यारों।

घर मेरा फूँक कर उसने है उजाला देखा
कुछ बचा हो अगर उसको भी जलाओ यारों।

मेरा सब लूट कर रहबर ने साथ छोड़ा है
राहजन क्या हमें लूटेगा बताओ यारों।

वो मुहब्बत ही थी जिसने हमें बरबाद किया
हमको कुछ दिन तो अदावत से बचाओ यारों।

(बर्क-बिजली; रहबर-पथप्रदर्शक; राहजन-राह में लूटने वाला डाकू)

23

अब दुआ भी असर नहीं लाती
फैसले की घड़ी नहीं आती।

वक्त ने गम हजार सौंपे हैं
अब लबों पे हँसी नहीं आती।

झोलियाँ शाम तलक खाली हैं
इक सदा भी सुनी नहीं जाती।

कोई सज्दे में सिर झुकाये है
बेसबब बंदगी नहीं आती।

गम छिपाये जहाँ में फिरता हूँ
बात सबसे कही नहीं जाती।

सुर्ख आँखों में ख्वाब के पहरे
नींद अब रात भर नहीं आती।

कौन रोता अदीब सारी उमर
आँख में अब नमी नहीं आती।

(सदा-पुकार)

24

सवाल उठ्ठे गिरे औ' सँभल के फिर खड़े हुए
जवाब रहनुमा के जैसे हवा में उड़े हुए।

सवाल है कि आँख आँसुओं से नम हुई है क्यूँ
जवाब है कि आँख मोतियों से हैं जड़े हुए।

सवाल उठ रहे कि इक अदद सी छत नहीं है क्यूँ
जवाब है कि सिर पे बादलों के छत पड़े हुए।

सवाल है कि लोग भूख से तड़प रहे हैं क्यूँ
जवाब है कि लोग केक के लिए अड़े हुए।

सवाल है कि कौम क्यों नहीं तरक्की कर रहा
जवाब में हँसे कि देखिए हमें बढ़े हुए।

सवाल उठ रहे कि आप रहनुमा बने हैं क्यूँ
जवाब है चुनाव में थे बस हमीं खड़े हुए।

25

रोज कुछ उलझी हुई, सुलझी हुई सी जिन्दगी
भागती सरपट कभी, धीरे सरकती जिन्दगी।

मोरपंखों की तरह रंगीन होती जिन्दगी
औ' कबूतर की तरह मायूस होती जिन्दगी।

शेर का पंजा पड़े ऐसी कभी है जिन्दगी
औ' कभी खरगोश की मानिंद प्यारी जिन्दगी।

रेत के धोरों तले सूखी पड़ी सी जिन्दगी
औ' कभी कश्मीर की वादी घुमाती जिन्दगी।

पत्थरों से चोट खाकर टूटती सी जिन्दगी
फूल सी कोमल कभी है खिलखिलाती जिन्दगी।

एक अल्हड़ बालिका सी नाचती है जिन्दगी
इक अधूरा ख्वाब बन सबको नचाती जिन्दगी।

साँस के धागों से बुन कर जिस्म की चादर बनी
दाग कोई लग न जाये, यूँ बितानी जिन्दगी।

(धोरे-टीले)

26

लोक सड़क पर चित्त पड़ा है
सोंटा लेकर तन्त्र खड़ा है।

जन फिरता है मारा-मारा
प्रतिनिधि सोफे में अकड़ा है।

जनता की अब खाल उतरती
सेवक ने इतना रगड़ा है।

शासित की आँखों में आँसू
शासक अपनी जिद पे अड़ा है।

शर्म-हया की बात करो मत
राजा इनमें कब जकड़ा है।

27

अँधेरी रात को कुछ और स्याह होने दो
बँधी हैं जुल्फ जो, खुल कर उसे बिखरने दो।

हरसिंगार को अब हौले हौले झड़ने दो
टपक रहे जो बूँद, गेसुओं से गिरने दो।

हवा उदास है, कुछ कमी सी लगती है
खोल दो जुल्फ को, सारी फिजा महकने दो।

बादलों को देख यूँ कहने लगी हवा
लटों को खोल दो, अब नाचने थिरकने दो।

हुस्न की ताब से, यूँ आँख में चुभन सी है
सुलगती आँखों पे जुल्फें जरा पसरने दो।

रात की तिजोरी से गिरते हैं जो अदीब
सितारे इन मखमली गेसुओं में टँकने दो।

28

रात चोरी हो गई औ' दिन अचानक गुमशुदा
ले गया सुख चैन सारा जो हमारा था खुदा।

तितलियाँ गुमसुम पड़ीं भौंरे नदारद हो गये
खौफ तारी उस चमन पे जो गुलों से था लदा।

दर्द हमको दे रहे कहते मुकद्दर में लिखा
और हम वो पढ़ रहे उनकी जबीं पर जो गुदा।

इक मुखौटा जो लगा वो उम्र भर चिपका रहा
शक्ल अपनी खोजते जिस पे जमाना था फिदा।

हर तरीके से हमें जब आजमा कर थक गए
तब कहीं जाकर वे बोले बात तेरी है जुदा।

(जबीं-ललाट)

29

घुटती ही जा रही हैं साँसें, बंद कोठरी में
आती नहीं हवा कहीं से, बंद कोठरी में।

कहते हो तुम इंसान, मगर गौर से देखो
केवल कुतरते उम्र रहे, बंद कोठरी में।

किसकी पलक उठाऊँ मैं, किसको यहाँ जगाऊँ
सब आँख मींच कर हैं पड़े, बंद कोठरी में।

साँकल लगी किवाड़, खिड़कियों पे जाले हैं
आती नहीं किरन कहीं से, बंद कोठरी में।

हर शख्स नींद में है या नीम बेहोशी में
रिश्ते वे तोड़ते जहाँ से, बंद कोठरी में।

सबको यकीं दिला दिया कि शाह-ए-तख्त हो
सब शौक से हुए हैं पड़े, बंद कोठरी में।

कदमों तले कुचलते आँख, उनके कहे पे
क्या काम अब अदीब कहे, बंद कोठरी में।

30

अपने देखे ख्वाब हमारी आँखों में यूँ भरता है
उसका मकसद पूरा करने को हर बंदा मरता है।

सबके सपने गिरवी रख कर उसके ख्वाब मुकम्मल हों
फिर भी सब खामोश रहें, वह ऐसी साजिश रचता है।

सूरज कहलाने की जिद है लेकिन कालिख पुती हुई
उसको चमकाने की खातिर हर इक दीया जलता है।

उसको कंधों पर बैठाये कितने काबिल दौड़ गये
मंजिल पर जब पहुँच गया तब खुद को रहबर कहता है।

आसमान की ऊँचाई तक जो उसको पहुँचायेंगे
उनकी कब्र खुदेगी गहरी, वो मंसूबा धरता है।

31

अब तो बाजार में बैठे हैं बिकेंगे हम भी
दाम होंगे जो मुनासिब तो बिकेंगे हम भी।

आप आये हैं तो कहिये मेरी कीमत क्या है
आप कुछ दाम चढ़ायें तो घटेंगे हम भी।

मेरे हर हर्फ की कीमत जो अदा आप करें
शान में कितने कसीदों को पढ़ेंगे हम भी।

अश्क मेरे हैं खूँ के साथ मिले रोशनाई में
फूल बोयेंगे कहीं काँटे लिखेंगे हम भी।

दर्दमंदों की दवा है कि कोई दर्द सुने
दर्द-ए-दिल आप सुनेंगे तो कहेंगे हम भी।

बिकने वालों की चमक देख अदीब कहने लगा
कुछ भी हो जाये हर इक हाल बिकेंगे हम भी।

32

बेतहाशा ख्वाहिशों के बोझ से जो दब गए
तुम बताओ वो सफीने साहिलों तक कब गए।

साँस के घोड़े भगाते काँच जैसी शख्सियत
उम्र भर डरते रहे हम, अब गए या तब गए।

वक्त के सैलाब में तिनके सरीखे बह रहे
बेवजह सबको गुमाँ है, हम गए तो सब गए।

चाँदनी, पुरवा हवा, सावन जलाये तन-बदन
तुम गए तो साथ सारे मौसमों के ढब गए।

आह, तनहाई, शिकायत और रुसवाई बची
गुनगुनाते थे हमेशा, वो सुरीले लब गए।

(सफीना-नौका; साहिल-किनारा; ढब-तरीका)

33

अक्ल को संदूक में रख भूल जाना चाहिये
नौकरी में इस हुनर को आजमाना चाहिये।

आपकी सारी पढ़ाई नौकरी तक ठीक थी
नौकरी जो मिल गई, सब भूल जाना चाहिये।

नौकरी कोई मिले, साहब हमेशा है सही
साहबों की हाँ में हाँ हरदम मिलाना चाहिये।

सिर हिला कर सैकड़ों ने मौज से की नौकरी
बात को समझें न समझें, सिर हिलाना चाहिये।

आपका साहब कहे जो बात, वह कानून है
और उस कानून को माथे लगाना चाहिये।

वो खरे ईमान का हो या कि बेईमान हो
हरिश्चंदर से बड़ा उसको बताना चाहिये।

34

महकती हैं तेरी साँसें, तेरी बातें हँसाती हैं
तेरे गेसू से झड़ती बूँद सोते से जगाती है।

तेरा हँसना, जमीं पर यूँ ही गिरती मोतियों जैसा
तेरी मुस्कान दिल को अब भी वैसी चीर जाती है।

तेरी पायल की मद्धम धुन कभी हौले से छूती है
तेरा वो आँख से कहना, कहानी सब सुनाती है।

लचकती शाख आँखों पर दुपट्टा डाल जाती है
हवा हौले से जब डोले, लगा तू पास आती है।

नजर के सामने अब भी, वही मंजर वही शोखी
बिताये साथ कितने साल, गिनती भूल जाती है।

35

हवा से कह दो बुझा कर इसे दिखाये जरा
कि ये चराग जिगर के लहू से जलता है।

कई चराग जले साथ इसके, बुझ भी गये
हर इक चराग कहाँ आँधियों में पलता है।

मिले नजर जो तेरी राह जगमगायेगी
मशाल अपनी निगाहों में लिये चलता है।

तुझे गुरूर में वह सब नजर नहीं आता
किसी फकीर की आँखों में जो मचलता है।

कफन में दाग लहू के नजर तो आयेंगे
कि सुर्ख माहताब बादलों में घुलता है।

सहर हुई है रोज उसकी मुस्कुराहट से
नजर की शोखियों में आफताब ढ़लता है।

बिना उम्मीद के आँखें अदीब ऐसी लगें
किसी मसान में जैसे चराग जलता है।

(सहर-सुबह)

36

तौल कर मिलने लगा है प्यार अब तो
इश्क में होने लगा व्यापार अब तो।

हुस्न तो सदियों से बिकता आया है
इश्क भी आया सरे बाजार अब तो।

वायदों की कीमतें होने लगीं तय
ताकता भौंचक खड़ा संसार अब तो।

हर शमा पर उल्लुओं की निगहबानी
रोशनी की आस भी दुश्वार अब तो।

हर भरोसे पर दराँती के निशाँ हैं
गिर गए हैं शर्म से दस्तार अब तो।

दिख गई मंजिल तो आगे बढ़ गए सब
राह में बेबस खड़े सरदार अब तो।

(दस्तार-पगड़ी)

37

दर्द अपनों से मिले कैसे करें उसको बयाँ
बुलबुलों को कैद कर पिंजरा सजाये बागबाँ।

बच्चियों की खिलखिलाहट से बहुत नफरत उन्हें
गोलियों की तड़तड़ाहट में रहे वे खुशनुमा।

अम्न का पैगाम जो संसार को देने चले
बामियाँ में तोड़ते हैं बुद्ध की वे मूर्तियाँ।

हम चले जन्नत मगर जाकर जहन्नुम में फँसे
कब्र के कीड़े बने हैं काफिले के रहनुमा।

जान लेते हैं खुदा की बंदगी के नाम पर
शक्ल पर इंसानियत के दाग हैं वे बदनुमा।

आबरू औ’ जान मजहब के लिए कुर्बान हो
आप भी गर सोचते हैं आप में है तालिबाँ।

38

हमारे वास्ते दुनिया के हर गम को हैं अपनाये
सियासतदाँ फकीरों की अदाएँ हमको दिखलायें।

ये दोजख से डरायें और जन्नत से हैं ललचायें
किसी वाइज सरीखा वोटरों को रहते भरमायें।

जमीं खा लें, नदी पी लें, शजर की जड़ चबा जायें
हवा में हाथ लहरायें औ' सब गायब नजर आयें।

नहीं दोगे हमें गर वोट तो पछताओगे, कह कर
दुआ की शक्ल में हर शख्स को रहते हैं धमकाये।

सियासी शख्स जादूगर सरीखे जाल फैलायें
इन्हें मिल जाय गर कुरसी, सितारे दिन में दिखलायें।

(वाइज-जर्मोपदेशक; शजर-पेड़, वृक्ष)

39

खुश्क आँखों को समंदर की कहानी दे गया
एक सहरा को वो मौजों की रवानी दे गया।

गाल हो जाते गुलाबी, आँख में टेसू खिलें
देह भर फागुन खिलाये वो जवानी दे गया।

ये हवाएँ गेसुओं को इस कदर उलझा रहीं
सन्दली पैगाम मौसम की जुबानी दे गया।

ख्वाब की कलियाँ बिछाये मैं बनी सिंगार सी
एक मुरझाई लता को आज पानी दे गया।

खुद-ब-खुद यूँ ही सिहरती ज्यों किसी ने छू लिया
बिन छुये हर पोर पे अपनी निशानी दे गया।

थरथराते लब कभी झुकती निगाहें खोजतीं
रूह को छूती कई यादें सुहानी दे गया।

40

आँकड़े कुछ और कहते हैं, हकीकत और है
छेड़ मत इस बात को वरना फजीहत और है।

बैठकों में जो उठी, वो फाइलों में दब गई
हाकिमों के दिल में कुछ, लब पे नसीहत और है।

हो सही चाहे गलत, हर हुक्म की तामील हो
बात को जो काट दे, उसकी मुसीबत और है।

लूटते बाबू, सिपाही और अफसर साथ में
रहजनी में एक हैं, चाहे अकीदत और है।

जो हमेशा हुक्म की तामील को हाजिर रहे।
वो कभी छुट्टी न पाये, ये वसीयत और है।

(नसीहत-उपदेश; अकीदत-धार्मिक आस्था)

41

आँखों में अब किसी के बगावत नहीं रही
जो मर गए हैं उनको शिकायत नहीं रही।

गर्दन झुकी हुई है, निगाहें जमीन पे
आँखें तरेरने की हिमाकत नहीं रही।

शोले बुझे हुए हैं, ठंडी पड़ी है राख
बूढ़े बदन में कोई हरारत नहीं रही।

धोखे दिए थे जिसने हमको हजार बार
हमसे ही कह रहे हैं, शराफत नहीं रही।

वो सामने से यूँ ही निकल कर चले गए
मैं कर सकूँ सलाम इजाजत नहीं रही।

अपनी जुबाँ ने वादा यूँ झूठ से निभाया
सच बोलने की अब तो आदत नहीं रही।

पिछली दफा मिले थे सभी अजनबी लगे
घर लौटने की अब तो चाहत नहीं रही।

42

आजकल यार है खफा मुझसे
एक दिलदार है खफा मुझसे।

दो दिनों से हमें न देखा था
एक बीमार है खफा मुझसे।

मैंने फूलों की बड़ाई कर दी
उसके रुखसार हैं खफा मुझसे।

अब मैं खुद का खयाल रखता हूँ
इसलिए यार हैं खफा मुझसे।

एक सच यूँ ही मुँह से निकला है
और दरबार है खफा मुझसे।

फूल की मैंने बात रखी थी
इसलिए खार हैं खफा मुझसे।

रोज आने में देर होती है
मेरा घरबार है खफा मुझसे।

जीस्त का बोझ सिर उठाये अदीब
इश्क का बार है खफा मुझसे।

(खार-काँटा; जीस्त-जिन्दगी; बार-बोझ)

43

खेल जो पर्दे में था, अब सामने वो आ गया
साधुओं का स्वाँग रच कर इक मदारी छा गया।

पेड़ के पत्ते गिनाये, शाख भी औ' फूल भी
गाँव गिनने में फँसा था, वो फलों को खा गया।

बाल-बच्चे छोड़ कर धूनी रमाये फिर रहा
बोझ अपना दूसरों से रात दिन उठवा गया।

आसमानी साजिशों का खौफ दिखलाता रहा
और कदमों के तले सबकी जमीं खिसका गया।

कह रहा देखो नदी के पार कैसा स्वर्ग है
धार में सब डूबते, वो खुद किनारा पा गया।

इन खुली आँखों के आगे यूँ अँधेरा छा गया
सूद के लालच में सब थे, मूल भी वो खा गया।

44

याद तेरी फूल के खुश्बू सी चारों ओर है
सर्द रातों में निकलती ज्यों सुनहली भोर है।

आँख के डोरे खयालों में बसे हैं इस कदर
चाँदनी के फूल पे केसर की हल्की डोर है।

जुल्फ के खम पेंच में उलझा हुआ हूँ अब तलक
मैं निकल जाऊँ कहाँ, ये दिल बहुत कमजोर है।

तू चले तो आसमाँ के चाँद-तारे चल दिये
तेरे आँचल में उलझता आसमाँ का छोर है।

चाँद, तारे, अब्र, सूरज सब तुझे देखा किये
आसमाँ का हर इशारा एक तेरी ओर है।

एक अरमाँ है यही बस्ती कहे, सहरा कहे
तू मेरा अब हो चुका, चारों तरफ ये शोर है।

(अब्र-बादल)

45

अपनी-अपनी जिन्दगी अपने-अपने गम
खुशियों के बँटवारे में अपने हिस्से कम।

बीबी, बच्चों, नौकरी में उलझे हरदम
रिश्तों के बाजार में कीमत खोते हम।

अपने सुख में कैद हैं, किसके देखें गम
सिमटे अपने खोल में, नहीं रहे हमदम।

संगी-साथी अब कहाँ जिनकी खायें कसम
हँसी ठहाके खो गए, आँखें होतीं नम।

नमक डालते घाव पर और कहें मरहम
सम्बन्धों के बाग को खुद ही फूँकें हम।

46

फाइलों को दाब कर बातें करें ईमान की
वे नदी, तालाब में फस्लें उगाते धान की।

नोट औ' बंदूक दोनों हाथ में थामे हुये
सोचते हैं क्या जरूरत अब हमें भगवान की।

राह चलती बेटियों पर लार वे टपका रहे
भेड़ियों की आदतें हैं, शक्ल है इंसान की।

दूसरों के दर्द को तब्दील करना वोट में
खासियत सबसे बड़ी होती सियासतदान की।

वहशियाना हरकतों को देख कर सोचे अदीब
आदमी को मिल गई है हर हुनर शैतान की।

47

उजड़ी बस्ती में अब भी इंसान बचे हैं
खाली-खाली घर में कुछ सामान बचे हैं।

बेच दिया जो कुछ भी गैरजरूरी था
मीर-ओ-गालिब के यारों दीवान बचे हैं।

चंदन-चोटी, दाढ़ी-टोपी में गाफिल है
पाखंडी के मन में कब भगवान बचे हैं।

छोड़ दिया जग को, अब क्या लेना-देना
कहता है, लेकिन लाखों अरमान बचे हैं।

सूख चुकी आँखों में बारिश मत लाना
बादल रीत गये हैं, अब तूफान बचे हैं।

जब तक साथ रहे उनके दुनिया रोशन थी
वे बिछुड़े, दिल के कोने सुनसान बचे हैं।

48

ढेरों किरदार हैं फसाने में
मुश्किलें हो गईं निभाने में।

जो मिला है हमें जमाने में
लग गया हमको आजमाने में।

हम लगे थे जिसे उठाने में
वह लगा था हमें गिराने में।

वक्त लगता है जड़ जमाने में
फूल को शाख पर उगाने में।

मर गये जो वफा निभाने में
सब लगे हैं उन्हें भुलाने में।

तुमको आये मजा सताने में
बारहा हमको आजमाने में।

वक्त लगता है आने-जाने में
रह भी जाओ गरीबखाने में।

(फसाना-कहानी; बारहा-बार-बार)

49

हर इन्तजार के पीछे अलग कहानी है
सभी हैं दर्द भरी, कौन सी सुनानी है।

सभी के सिर पे यहाँ मुख्तलिफ मुसीबत है
हमारी उलझनें तुमको समझ न आनी हैं।

कोई है इश्क का मारा कोई गरीबी का
यहाँ प' सबने किसी दर की खाक छानी है।

मेरी कलम की सियाही घुली है अश्कों में
हरेक हर्फ किसी जख्म की जुबानी है।

वो जब उठा तो कई सिलवटें थीं बिस्तर पर
यह झुर्रियाँ तो गये वक्त की निशानी हैं।

मैं हाकिमों पे सँभल कर बयान देता हूँ
हरेक लफ्ज की कीमत भी तो चुकानी है।

तुम्हारे पूछने पर हम सुकूँ बताते हैं
ये और बात कि इसमें गलतबयानी है।

उसे गुमान है, उस पर अभी भी मरते हैं
अदीब जा के कहो, बात वह पुरानी है।

(मुख्तलिफ-अलग)

50

आज वो शख्स कई बात लिये बैठा है
दाल-रोटी के सवालात लिये बैठा है।

आखरी सफ तलक सूरज की किरन आयेगी
तेरे वादे की वही रात लिये बैठा है।

कभी तेरा, कभी उसका निजाम आया है
वक्त बीता वही हालात लिये बैठा है।

दूर से देखता कुचले हुये अरमानों को
छलकती आँखों में जज्बात लिये बैठा है।

आँख से छूटते शोले हमें बताते हैं
आग में जलते खयालात लिये बैठा है।

न जाने कौन सुबह रोशनी बिखेरेगी
उसी के वास्ते सौगात लिये बैठा है।

(सफ-कतार)

51

मेरा वजूद कई शख्सियत में रहता है
हरेक शख्स मुकम्मल बयान करता है।

सुकून दिल की तलब है, दिमाग रौ में बहे
कभी जो एक बढ़े, दूसरा सिमटता है।

बड़े यकीन से जब झूठ बोलता हूँ मैं
मेरा जमीर मुझे जाँचता-परखता है।

मेरी जुबान को सच बोलने का शौक चढ़े
गरीब पेट सिसकने में भी झिझकता है।

किसी को याद कर जब मैं उदास हो जाऊँ
हसीन ख्वाब तभी रूह से लिपटता है।

अदीब जिन्दगी कुछ इस तरह बिताई है
समेटने एक चलूँ, दूसरा बिखरता है।

(वजूद-अस्तित्व; शख्सियत-व्यक्तित्व, चरित्र)

52

उम्र बढ़ती जा रही ज्यों फस्ल पकती जा रही
बाल में दिखती सफेदी चाँदनी सी भा रही।

यूँ रहा मदहोश तेरे खुशनुमा अहसास से
गंध मादक बौर सी चारों तरफ ज्यों छा रही।

होंठ तेरे हैं नशीले, रात दिन मैं पी रहा
ये तेरी आँखें, अभी तक जाम हैं छलका रही।

छोरियों सी है नहीं, पतली कमर तो क्या हुआ
बाँस की नाजुक छड़ी, अब आम सी गदरा रही।

चाल हिरनी सी तेरी गजगामिनी सी हो गई
तान तेरी आज भी, दिल को मेरे धड़का रही।

और क्या मैं कह सकूँ, तेरे खयालों में अदीब
मैं उलझता ही गया हूँ और तू सुलझा रही।

53

चुप चुप रहूँ तो साँस का चलना मुहाल है
गर बोल दूँ तो यार कहेंगे बवाल है।

अंधे बतायें आँख की दुश्वारियाँ तमाम
इस तीरगी के दौर में उल्लू निहाल है।

तकरीर चल रही थी कि पीना हराम है
वाइज नशे में बोल रहा था, कमाल है।

समझा रहा वो जिन्दगी के पैंतरे हमें
जब से मिला है, आज तलक तंगहाल है।

करते हैं खर्च थोड़ी रकम दान-पुण्य में
इक जान लेके बोलते हैं, अब हलाल है।

हूँ दर-ब-दर मैं, पर नहीं खाना-खराब हूँ
मैंने सुना है कोई मेरा हमखयाल है।

जिसको भुला चुका हूँ शब-ए-फुरकत-ए-अदीब
वो आज भी हैं याद, ये उनका जलाल है।

(दुश्वारियाँ- मुश्किलें, समस्याएँ; तीरगी- अंधकार; तकरीर- भाषण; वाइज-धर्मोपदेशक; हलाल- वैध, धर्मानुकूल; दर-ब-दर- दरवाज-दरवाजे भटकने वाला; खाना खराब- जिसका सब कुछ नष्ट हो गया हो; शब-ए-फुरकत- जुदाई की रात; जलाल- प्रताप, महिमा)

54

मुद्दत से हूँ मैं दर-बदर, लेकिन किसी को क्या
सबकी नजर से बेखबर, लेकिन किसी को क्या।

छाले पड़े हैं पाँव में, काँधे पे अपने बोझ
जलती हुई है रहगुजर, लेकिन किसी को क्या।

मेरा न कोई राहबर, कोई न हमजुबाँ
कोई नहीं है हमसफर, लेकिन किसी को क्या।

चारों तरफ हैं भेड़िये, आदम की शक्ल में
खटका रहे हमारा दर, लेकिन किसी को क्या।

फूलों के बाग थे यहाँ, मिल कर सभी उजाड़े
काँटों भरी है अब डगर, लेकिन किसी को क्या।

चुभने लगे हैं आँख में, जिनके बढ़े हैं कद
धीरे से कट गये वे सर, लेकिन किसी को क्या।

लौटा नहीं हूँ आज तक हिजरत से मैं अदीब
छोड़ा जो एक बार घर, लेकिन किसी को क्या।

55

पालतू तोते कसीदों में चमन बोते रहे
बागबाँ उनके भरोसे चैन से सोते रहे।

आँख बुलबुल की खुली जब बाग वीराँ हो गया
हाथ के तोते उड़े, सिर शर्म से गोते रहे।

जिन्दगी भर दूसरों का छीन कर जो खा गये
चील अपने दान की सौ-सौ कथा जोते रहे।

पंख सारे झड़ गये, नाखून बेदम हो गये
शौर्य की गाथा पुरानी पीठ पर ढ़ोते रहे।

फैसले का वक्त आया बाग की तकदीर का
बुलबुलें पीछे रहीं, कौव्वे सदर होते रहे।

(कसीदा-प्रशंसा पत्र)

56

दो मुठ्ठी की भूख रही, इक अँजुरी भर की प्यास रही
लेकिन इनको छोड़ जमाने में हर शय की आस रही।

भूख नहीं मिटती सोने से, पद से प्यास नहीं बुझती
धन-दौलत, रुतबे की ख्वाहिश लेकिन सबसे खास रही।

दो गज धरती से ज्यादा की जिनको नहीं जरूरत थी
विश्व विजय की खातिर उनकी भी हर पल अरदास रही।

दिग्विजयी कहलाने वाले जर्रे के मुहताज हुए
खाली हाथ सिकंदर लौटा, उसके दिल में फाँस रही।

जो दुनिया के पीछे भागे, दुनिया उनको भूल गयी
जिसने सब कुछ छोड़ दिया, यह दुनिया उसके पास रही।

एक फकीर हुआ था जिसको दुनिया बापू कहती थी
उसने अंतिम साँसें जब लीं, दुनिया बहुत उदास रही।

57

निगाहें आज भी मंजर पुराने खोजती हैं
खयालों में वही चेहरे सुहाने खोजती हैं।

वही सखियाँ, वही बतियाँ, वही शिकवे पुराने
वही छज्जे, वही कोने पुराने खोजती हैं।

कोई कानों में चुपके से मुहब्बत घोल जाता था
वो लच्छेदार यारों के तराने खोजती हैं।

कभी वो सामने आये कभी पीछे नजर आये
वही बेखौफ आशिक औ' दीवाने खोजती हैं।

न जाने कौन था जिसके लिये उस रात रोई
वही मदहोश रातें औ' फसाने खोजती हैं।

58

उन्हें मालूम था पानी कहाँ ठहरा हुआ है
मुझे मालूम है वो और भी गहरा हुआ है।

बुझा लो प्यास अपनी हर तरफ खूँ बह रहा है
मगर दरिया के पानी पर यहाँ पहरा हुआ है।

चमकते चाँद-सूरज रात-दिन दिल्ली शहर में
यहाँ आकाश में आठों पहर कुहरा हुआ है।

बदल कर बागबाँ को, बुलबुलें हैरान ज्यादा
बयाबाँ था गुलिस्ताँ, आज पर सहरा हुआ है।

लगाओ लाख तुम नारे, मगर इतना समझना
यहाँ जो भी हुआ तख्त-ए-नशीं, बहरा हुआ है।

(बयाबाँ-जंगल; सहरा-मरुभूमि)
(दुष्यंत कुमार की पंक्ति से प्रभावित और उन्हें समर्पित)

59

समुंदर की तलाशी में है खतरा डूब जाने का
किसी के जाल में फँसने औ' अपनी जाँ गवाने का।

इसी खातिर समझदारों ने इक तजबीज कायम की
हर इक पोखर समुंदर से बड़ा है, यह बताने का।

किसी को काटने से भौंकना ज्यादा मुनासिब है
है मालिक की नजर में आसमाँ सिर पे चढ़ाने का।

जमाने में वही काबिल जिसे आती हों तरकीबें
जिसे चाटे उसी तलवे में ही काँटा गड़ाने का।

वही तैराक अव्वल है सियासत के समुंदर में
जिसे आये हुनर यारों को साहिल पे डुबाने का।

अजी घड़ियाल उनसे सीखते हैं फन सियासत का
कहीं आँसू बहाते वक्त फोटो भी खिंचाने का।

60

नींद में चुभने लगा बिस्तर, बताओ क्या करें
ख्वाब से यूँ लग रहा है डर, बताओ क्या करें।

चाँद-तारों के सहारे जिन्दगी कब तक चले
गिर रहा है आसमाँ सर पर, बताओ क्या करें।

कारवाँ-ए-जिन्दगी आगे हमारे चल रही
हम सदा पीछे रहे डग भर, बताओ क्या करें।

लौटने की राह में काँटे अचानक उग रहे
दश्त में जब याद आये घर, बताओ क्या करें।

बेरुखी उनकी हमारे जेहन पर काबिज हुई
इश्क का मारा फिरे दर-दर, बताओ क्या करें।

फूल की चाहत में काँटों से अदावत हो गई
खून से अब है गिरेबाँ तर, बताओ क्या करें।

हुस्न, दौलत, इश्क, ताकत या खुदा की लौ लगे
खुद अभी उलझन में है रहबर, बताओ क्या करें।

61

रचते रहे प्रेम कविताएँ बरसों से
और नहीं वे कुछ लिख पाये बरसों से।

कुछ चेले, कुछ चमचे उनको घेरे हैं
'वाह महाकवि' कह चिल्लायें बरसों से।

प्रेमी के दुःख से वे हरदम दुखी रहें
दूर रहीं हैं अन्य व्यथाएँ बरसों से।

काली आँखों की भी अजब कहानी है
नीला सागर कह पगलाये बरसों से।

भरी जवानी में जो डूबे आँखों में
आज तलक वे ना उतराये बरसों से।

कोयल, मोर, पपीहा में ही अटके हैं
गिद्धों पर वे ना लिख पाये बरसों से।

आँधी, पानी, लू का उन पर असर नहीं
लहराती जुल्फों के साये बरसों से।

धरती की हर एक बला बेअसर अदीब
आसमान में उड़ते जाएँ बरसों से।

62

नये चिराग को मिट्टी की कुछ कदर ही नहीं
बना है खाक से, इसकी उसे खबर ही नहीं।

पसीने, खून, आँसू का यहाँ संगम हुआ है
हमारा जिस्म है तीरथ, रेत का घर ही नहीं।

हमारे रूह में जलती अगन चलाये हमें
बदन जो सर्द पड़ा, फिर कोई सफर ही नहीं।

हवा भरी हुई हर शख्सियत जहाँ में है
हवा में वो भी उड़े, जिनके बाल-ओ-पर ही नहीं।

सिमट गये तो बदन और बिखर गये तो खला
अभी हैं चारों तरफ हम, अभी बशर ही नहीं।

हर इक चिराग की कीमत अलग लगाये अदीब
सभी में नूर है उसका, उसे नजर ही नहीं।

(बाल-ओ-पर -उड़ने की सामर्थ्य; खला-आकाश, खालीपन; बशर-आदमी)

63

जी रहा हूँ मैं अगर सरकार पर अहसान क्या
मर गया जो आज ही, सरकार को नुकसान क्या।

जब तलक जिंदा रहा दैरो-हरम करता रहा
एक मुर्दे के लिये अब कब्र क्या, श्मशान क्या।

वायदे करते गये वो, तालियाँ बढ़ती गईं
वायदे पूरे न हों, तो भी घटी है शान क्या।

जुल्म से बेजार हो मरने चला, वे हँस दिये
चैन से मरना हमारे राज में, आसान क्या।

व्यास की बीसों किताबों का यही कहना अदीब
दूसरों को दर्द दे हँसता है वो, इनसान क्या।

(दैर-ओ-हरम- मंदिर और मस्जिद)

64

शाम ढले दिल को बहलाने आना तुम
रात गये कुछ ख्वाब दिखाने आना तुम।

दिन की जगमग से आँखें चुँधियाई हैं
मौन चाँदनी बन सिरहाने आना तुम।

थके परिंदे जब शाखों पर सो जायें
मलयानिल बन कर सहलाने आना तुम।

दिन भर की किच-किच से ये मन ऊबा है
जीवन का संगीत सुनाने आना तुम।

जीवन में जब पतझड़ छाने वाला हो
रंग-बिरंगे फूल खिलाने आना तुम।

ख्वाब हकीकत बनने को जब आतुर हों
सूरज बन कर हमें जगाने आना तुम।

65

नींद पूरी हो चली है, आँख अब खुलने लगी
जिन्दगी की कशमकश अब ख्वाब में चुभने लगी।

ख्वाब में भी मुफलिसी थी और दौर-ए-गर्दिशाँ
ख्वाब के मारे हुओं पर जिन्दगी हँसने लगी।

कर्ज की मिहराब पर तामीर होती जिन्दगी
इस हकीकत के वजन से नींव तक ढहने लगी।

इस कदर हर शख्स अपने आप से बेजार है
अब दुआ भी बद्‌दुआ सी कान में चुभने लगी।

जिन्दगी में झूठ के इतने निवाले खा लिए
इक निवाला सच मिला तो अँतड़ियाँ फटने लगीं।

हम अदीबों से कहाँ तक झूठ बोला जायेगा
अब मेरी खामोशियाँ भी आपको खलने लगीं।

(कशमकश- संघर्ष; मुफलिसी- गरीबी; गर्दिश- संकट; बेजार- अप्रसन्न, खिन्न)

66

मेरे वजूद के रेशे बिखर गए यारों
दिखा जो आईना हम खुद सिहर गए यारों।

खमोशियों की सदाओं से डर गए यारों
घने अँधेरे नजर में उतर गए यारों।

कभी उठाये हुए सर को घूमते थे जहाँ
उसी गली में झुकाये नजर गए यारों।

किसी ने पूछ लिया हँस के हाल जो मेरा
तमाम जख्म जिगर के उभर गए यारों।

किसी की जंग में मोहरे बने हुए थे हम
किसी बिसात के प्यादों सा मर गए यारों।

सुबह से शाम तलक बेघरों से वादे हों
हुई जो रात सभी अपने घर गए यारों।

हमारी शक्ल हमें अजनबी सी लगती है
हमारी याद से हम ही गुजर गए यारों।

हमें बता रहे हैं यार यूँ पता मेरा
कभी इधर तो कभी हम उधर गए यारों।

हमें तबाह कर जिसको फलक पे छाना था
मेरे गुबार में जाने किधर गए यारों।

67

आँखें मूँदे पड़े हुए थे
साँसें थीं, पर मरे हुए थे।

अंदरखाने जगे हुए थे
वे पहले से सधे हुए थे।

देश चढ़ा जब बलिवेदी पर
वे तलवों में पड़े हुए थे।

शीश कटाने के उत्सव में
उनके कंधे झुके हुए थे।

खादी के सब दीवाने थे
तब खाकी में फँसे हुए थे।

सत्य, अहिंसा समझ न आई
बम, गोली से डरे हुए थे।

गाँधी, बोस, भगत सिंह से
वे गद्दारी में रमे हुए थे।

राय बहादुर, खान बहादुर
जैसे जुमले लगे हुए थे।

गोरी चीलों ने जब छोड़ा
भूरे कुत्ते डटे हुए थे।

कोर्ट, कचहरी, पुलिस पटा कर
सबसे आगे खड़े हुए थे।

आज वही मालिक हैं घर के
जो दुश्मन से मिले हुए थे।

देश बेचना फितरत में है
वे पहले ही बिके हुए थे।

धोबीपाट लगा फिर पटको
जैसे रगड़े पड़े हुए थे।

68

आइने अंधे हुये यूँ शक्ल अनजानी हुई
कैफियत क्या पूछिये जब शख्सियत फानी हुई।

वायदे की बात ना कर, है नहीं कुछ ऐतबार
झूठ के माहौल में हर बात बेमानी हुई।

हाथ का कंगन गया औ' पाँव की पायल गई
आँख से काजल गया, ऐसी निगहबानी हुई।

बचपनों पर बोझ जब उम्मीद के लादे गये
शोख चंचल सी नदी की धार मैदानी हुई।

प्यास के मारे से दरिया की कथा कहते रहे
और अब मकतूल से कहते हैं, नादानी हुई।

वो मुहब्बत थी तेरी जिसने बदल डाला अदीब
आग की तासीर थी, तूने छुआ पानी हुई।

(कैफियत-हाल, समाचार; फानी-नश्वर, समाप्त)

69

हकीकत कुछ रही औ' कुछ फसाना हो गया है
मुलाकातें नहीं लेकिन दीवाना हो गया है।

निगाहें आपकी जब भी उठीं नाचीज की जानिब
हमें ऐसा लगा अब दिल निशाना हो गया है।

कहानी चार दिन की है, इसे यूँ ना गँवाओ
तुम्हारा रूठना अपना मनाना हो गया है।

नये किस्से हमेशा से लुभाते हैं जमाने को
हमारे इश्क का चर्चा पुराना हो गया है।

कहाँ तुम आज भी हर शख्स में हमको ही ढूँढे हो
यहाँ बदले हुए हमको जमाना हो गया है।

(फसाना-कहानी; नाचीज-तुच्छ व्यक्ति, स्वयं के लिए सम्बोधन; जानिब-ओर, तरफ)

70

झूठ कहते हो कि तुमको गम नहीं
गम तो है लेकिन जुबाँ में दम नहीं।

सामने उनके लबों को सिल लिया
आह भरते हो किसी से कम नहीं।

जब सितम उनके कोई कहने चला
सिर झुकाए बोलते हो हम नहीं।

मींच कर आँखें सितम सहते रहे
अश्क आँखों से गिरे शबनम नहीं।

जख्म को नासूर तुमने कर लिया
और कहते हो कोई मरहम नहीं।

चंद खुशियों के लिए यारी बिकी
आज रोते हो शरीके-गम नहीं।

71

पसारूँ हाथ जिसके सामने वो ही भिखारी है
मदद माँगूँ तो खाली हाथ में भी जिम्मेदारी है।

जरूरत के समय बातें बना कर सब निकल जायें
अमीर-ए-शहर से वैसे तो सबकी रिश्तेदारी है।

जमानत पर हमारी कल तलक जो शख्स रहता था
उसी के सामने देखो हमारी रूबकारी है।

वही कंधे जो कल तक ठेल देते थे जहाँ सारा
झुके हैं इस कदर ये आज मानो बोझ भारी है।

हमारी नींद लेकर ख्वाब का व्यापार जो करता
उसी की आँख में नींदों की खातिर बेकरारी है।

हुए मजबूर वो दिल से तो खुद पर्दा हटाते हैं
मगर जतला रहे हमको कि यह चाहत हमारी है।

(अमीर-ए-शहर -शहर का स्वामी या अधिकारी; रूबकारी-पेशी)

72

सोने में खुद को जड़वाने की लत लगी हुई है
आईने पर झूठ की कलई सौ-सौ चढ़ी हुई है।

जितनी कम मर्यादा जिसमें उतना ऊँचा जाये
राजनीति औ' नैतिकता में ऐसी ठनी हुई है।

दागदार प्रत्याशी है सत्ता पाने की चाबी
हर नेता के मन में ऐसी चाहत दबी हुई है।

पापों से घबराने का युग कब का बीत गया है
रावण की जयकार लगाने की धुन मची हुई है।

मिट्टी के दीयों से रोशन होती अब न दीवाली
हर घर पे बिजली की झालर लटकी पड़ी हुई है।

शेरों सी बातें करते हैं, गीदड़ की हरकत है
मुँहबलियों के चक्कर में यह दुनिया फँसी हुई है।

73

कुछ सदाएँ, कुछ दुआएँ, कुछ वफाएँ हो गईं
इक झलक पे आपकी क्या-क्या खताएँ हो गईं।

कुछ सँवरती, कुछ बिखरती जुल्फ की अठखेलियाँ
चाँद को घेरे हुए काली घटाएँ हो गईं।

कुछ लुटे से, कुछ मिटे से और कुछ मदहोश से
इक नजर तिरछी हुई, कितनी कजाएँ हो गईं।

कुछ अमीरी में रँगाये, कुछ फकीरी पैरहन
भा सके दिल को तेरे वैसी कबाएँ हो गईं।

कुछ धड़कते दिल रहे औ' कुछ मचलती आरजू
आपकी मुस्कान में सौ-सौ रजाएँ हो गईं।

(कजा-मौत; पैरहन-वस्त्र; कबा- ढीला-ढाला पहनावा, चोगा; रजा-स्वीकृति)

74

कुंडली मारे हुये ज्यों नाग बेकाबू लगे
फाइलों के बीच में बैठा हुआ बाबू लगे।

पीक मारे पान की रंगीन कोना हो गया
'थूकना बिलकुल मना' का बोर्ड जिस बाजू लगे।

तीन बजने जा रहे हैं, नौ समोसे खा चुका
चाय की दूकान पर भूखा हुआ भालू लगे।

फाइलों से अरजियाँ यूँ गुम हुईं मिलती नहीं
नोट देते ही दिखें, बंगाल का जादू लगे।

साहबों को दोष देता आप ज्यों मासूम हो
डाकुओं की भीड़ में बेबस खड़ा साधू लगे।

काम तेरा कल सुबह हो जायेगा पक्का अदीब
शाम को मुर्गा खिला औ' संग में दारू लगे।

75

आइने जब झूठ बोलें और मक्कारी करें
रहनुमा तब देश के बेखौफ गद्दारी करें।

खूँ पसीने से जिसे हमने लबालब भर दिया
वे चिरागों के रिसाले शाम अँधियारी करें।

विष्णुवाहन मान करके पूजते थे हम जिसे
गिद्ध वे निकले, सियारों की तरफदारी करें।

जिन्दगी भर की कमाई जो हमारी खा गया
कोतवाली के सिपाही उसकी बेगारी करें।

वक्त आने पर हमारे जो किनारा कर गये
बेवफाई की सनद हर शख्स को जारी करें।

हुस्न वालों के भरोसे इश्क मत करना अदीब
आपसे पर्दा करें औ' आप दीदारी करें।

(रिसाले-कतारें, फौज)

76

धड़कनें थम सी गईं औ' शोर कुछ मद्धम हुआ
सामना आँखों का उस महताब से जिस दम हुआ।

पास आकर, मुस्कुरा कर पूछ बैठे हाल जब
दिल उछल आया गले में, साँस भी दरहम हुआ।

गर्म साँसों की छुअन से तप गया सारा बदन
गेसुओं का एक झोंका जख्म का मरहम हुआ।

आँख से होती हुई इक नूर पहुँची दिल तलक
एक रूह से दूसरी का राब्ता कायम हुआ।

बादलों का इस जमीं से इश्क बारिश बन गिरा
आसमाँ का अश्क बागों में गुल-ए-शबनम हुआ।

मौसम-ए-गुल हो, खिजाँ का जोर चाहे बाग में
ता-कयामत अब मेरे गुलफाम इक हमदम हुआ।

(महताब-चाँद, चाँद सी सुबह; दरहम-अस्त-व्यस्त; राब्ता-सम्बन्ध; ता-कयामत -कयामत तक)

77

हर शमा को एक परवाने का इंतजार है
शोखियों से जाम टकराने का इंतजार है।

जब हकीकत ठोकरों से जिन्दगी पामाल कर दे
ख्वाब लादे नामाबर आने का इंतजार है।

जिन्दगी में दर्द है औ' दर्द की हद ही नहीं
दर्द के हद से गुजर जाने का इंतजार है।

कह गए थे वो कि आयेंगे, पढ़ेंगे फातिहा
खाक में अब खाक मिल जाने का इंतजार है।

जिन्दगी के पेंच-ओ-खम में वो अभी उलझे हुए
अब हमें रोज-ए-हशर आने का इंतजार है।

(पामाल- तहस-नहस; नामाबर-डाकिया; फातिहा- मरने के बाद की जाने वाली प्रार्थना; खाक- मिट्टी, लाश; रोज-ए-हशर- कयामत का दिन)

78

कौम के रहबर बिछाये जा रहे हैं गोटियाँ
कौन मेरा खूँ पियेगा, कौन लेगा बोटियाँ।

कौन दिल को दर्द देगा कौन घोंटेगा गला
कौन नोचेगा जिगर को, कौन खाये अँतड़ियाँ।

कौन घूमेगा सरे बाजार मेरा सिर लिए
कौन रोयेगा हमारी लाश पर ले हिचकियाँ।

कौन मेरी मौत का मातम करेगा चार दिन
कौन मेरी लाश पर सेंकेगा अपनी रोटियाँ।

आदमी की लाश पर बनते रहे कितने मजार
आदमी की लाश पर टिकतीं सियासी कुर्सियाँ।

आदमी का खून मुँह से यूँ लगा छूटे नहीं
आदमी के गोश्त में होतीं बला की खूबियाँ।

मुल्क कोई भी रहे या रहे मजहब कोई
आज के रहबर करे हैं कौम से गद्दारियाँ।

79

किसी को आँख भर के देखने कहाँ देते
मिले निगाह तो दिल जोड़ने कहाँ देते।

हरेक शख्स धकेले पड़ा है अगले को
कदम हमारे हैं, पर रोकने कहाँ देते।

तेरी निगाह नशीली कि तेरे लब हैं नशीले
सवाल जिन्दगी के सोचने कहाँ देते।

तेरे खयाल में कुछ देर ही टिक पाता हूँ
बवाल जिन्दगी के बैठने कहाँ देते।

किवाड़ बंद कर दिया है सामने मेरे
सभी से अलविदा भी बोलने कहाँ देते।

यहाँ तो घाट पर भगदड़ मची हुई है अदीब
सुकून से चिता पे लेटने कहाँ देते।

80

फाइलों पर कुंडली मारे हुए हैं
शेष ज्यों धरती को ही धारे हुए हैं।

गोद में अफसर सुकूँ की नींद लेता
वे जहर से लोक को मारे हुए हैं।

आम लोगों की नजर में चुभ रहे, पर
वे दलालों के सदा प्यारे हुए हैं।

घूस की मालिश उन्हें आराम देगी
दौड़ से तेरे थके-हारे हुए हैं।

हर समस्या एक चुटकी में भगा दें
साहबों की आँख के तारे हुए हैं।

लिख दिया जो, हो गई तकदीर सबकी
बाबुओं में ब्रह्म अवतारे हुए हैं।

दफ्तरों से लोग बिदके हैं अदीब
फँस गए तो जेब के झारे हुए हैं।

81

मेरे हिस्से के दो बूँद गिराये जा
प्यास नहीं है पर दिल को बहलाये जा।

प्याले से पीना भी कोई पीना है
इन आँखों से तू मदिरा छलकाये जा।

रोम-रोम में प्यास जगी है सदियों की
अपनी जुल्फों से इनको सरसाये जा।

चाँद, सितारे, बादल, बिजली तेरे हैं
रोज नया जादू हमको दिखलाये जा।

सारी दुनिया छोड़ तेरे दर आ बैठे
चिलमन को बस एक बार सरकाये जा।

82

हो रही भीषण तपन बरसात होनी चाहिए
दिल की उलझन आँसुओं के साथ बहनी चाहिए।

एक टुकड़ा चाँद का आकाश में उठने लगा
थक गया है दिन, सुकूँ की रात मिलनी चाहिए।

कौन मुजरिम है अदालत तय नहीं कर पायेगी
आपके दिल की गवाही साफ रहनी चाहिए।

बेवजह हर शख्स दिन भर बोलता रहता अदीब
आदमी की बात में कुछ बात होनी चाहिए।

83

कभी भाषा कभी शैली कभी शब्दों का रोना है
उमड़ते भाव को मोती सरीखा भी पिरोना है।

वो कविता हो, रुबाई हो, गजल हो या कि सानेट हो
हरेक माला की खातिर फूल भी नायाब होना है।

डरा सहमा कभी रहता, कभी रुकती कलम अपनी
किसी की भावना आहत न हो ऐसा भिगोना है।

हवा के संग उड़ने में मजा तो खूब है लेकिन
जमीं की ठोकरों से भी हमें दो-चार होना है।

अँधेरे में भटकते रहबरों की नस्ल उग आई
उन्हीं की आँख में अब रोशनी की पौध बोना है।

जहर का घूँट पीकर नौकरी करता है इक शाइर
यहाँ कौव्वे को कहना है कि वह कितना सलोना है।

84

हमारा सच तुम्हारे झूठ से छोटा हुआ है
हमें ये इल्म है कितना बड़ा धोखा हुआ है।

हमें मालूम है इस झूठ के पीछे छिपा सच
इसी दम पे तुम्हारा तख्त यूँ ऊँचा हुआ है।

तुम्हारे हुक्म की तामील बोलो क्यूँ करें हम
तेरा इंसाफ सोने से यहाँ तौला हुआ है।

तुम्हीं मुंसिफ, मुवक्किल तुम, तुम्हारे फैसले हैं
रकीबों से सुना है आपका सौदा हुआ है।

तुम्हारा हुक्म है कि झूठ को सब सच बतायें
अदीबों के शहर में कायदा कैसा हुआ है।

तुम्हारे दौर में सच बोलने वाले गुनाहगर
अदीब हर दौर में मंसूर इक पैदा हुआ है।

85

बारहा उम्मीद यूँ तोड़ी गई
एक छोटी सी कड़ी छोड़ी गई।

इक अपहरण गुमशुदी में दर्ज है
फाइलों में बात यूँ थोड़ी गई।

कागजों की भीड़ में दिखती नहीं
यूँ मेरी दरख्वास्त जो मोड़ी गई।

जो झुकी नजरें, सलामत रह गईं
जो उठी आँखें, वही फोड़ी गईं।

कौन कहता है, उन्हें भूला हूँ मैं
रात यादों की लड़ी जोड़ी गई।

इश्क में सौदा नहीं करते अदीब
दो मिले थे, हाथ से कोड़ी गई।

(बारहा- बार बार; कोड़ी- बीस, सब कुछ)

86

मुहब्बत के फसाने में कोई भी हद नहीं होती
जहाँ हद हो वहाँ पर इश्क की आमद नहीं होती।

इनायत थी अँधेरी रात में तुम आ गए वरना
मेरी तकदीर में ये चाँदनी शायद नहीं होती।

निगाहों में तुम्हारे बाद भी चेहरे कई आये
तेरी यादों के साये में निगाहें बद नहीं होती।

कभी खुलकर नहीं मिलता किसी अपने पराये से
मतलबी यार की तस्वीर आदमकद नहीं होती।

अगर मौका मिले तो बैठ जाना संग बुजुर्गों के
दुआएँ दिल से जो निकलें कभी भी रद्‌द नहीं होती।

87

इश्क जिसने कर लिया है और क्या कर पायेगा
इस जहाँ में इससे बढ़ कर क्या खता कर पायेगा।

हर कदम पर जाति-मजहब की कई दीवार हैं
पार करने में थका, अब क्या बड़ा कर पायेगा।

स्वाद जिसको मिल गया है, आशिकों के खून का
जंग में पाये मजा, अब इश्क ना कर पायेगा।

जो अँधेरों में पले हैं, पूछते हैं रात से
रोशनी की पैरवी क्या इक दिया कर पायेगा।

कैद में रह कर परिंदा भूल जाता है उड़ान
तू मुझे जुल्फों से अपनी क्या जुदा कर पायेगा।

डूब कर आँखों में तेरी होश खो बैठा अदीब
नीम बेहोशी मेरी तू दूर क्या कर पायेगा।

88

हमें गम अपना बतलाना नहीं आता, नहीं आये
तुम्हीं समझे नहीं हमको, न समझाने कभी आये।

कभी शमा भड़कती है, कभी लौ बुझने लगती है
शहर में शोर होता है कि तुम आये, नहीं आये।

सुना था, हाल सबका जानते हो, बिन बताए तुम
सुनाने हाल अपना, देखिए, चल कर हमीं आये।

हमें कब शौक था कि डूब कर दरिया में मर जाते
रकीबों की दुआएँ थीं कि हम तक यूँ नदी आये।

कभी होगा जिकर मेरा, तेरी महफिल में ऐ जालिम
निगाहों में शरम होगी, जुबाँ पर खामुशी आये।

89

हम नदी के द्वीप हैं, जो बाढ़ आई कट गये
तुम रहे काई सरीखे, हर तरफ तुम पट गये।

काट कर हमको कभी का, फासला तय कर चुके
जो रहे कल तक हमारे साथ, उनसे सट गये।

हर परिंदे के लिये फंदा तुम्हारे पास है
जेब में जो ना समाये, झोलियों में अँट गये।

इक नफासत है तुम्हारे हाथ में कैसे कहें
चीखने से पेशतर सारे परिंदे कट गये।

एक सीधी बात को सौ मोड़ देते हो अदीब
जो समझ पाये, तुम्हारी राह से खुद हट गये।

(पेशतर- पहले)

90

घर में रहे न घर के मुकद्दर में हम रहे
घर के लिए ही घर के बाहर कदम रहे।

इक छत की आरजू में कितने बरस गए
जो छत मिली तो छत के साये में कम रहे।

आवारगी को घर की चौखट से नापते
इन चारदीवारों के कितने सितम रहे।

हरदम कई मुसीबत संग में लगे रहे
घर ने कभी पुकारा, जंगल में हम रहे।

बुनियाद को भुला कर दीवार-ओ-दर कहें
हम पर हमेशा गैर के रहमो-करम रहे।

91

बादशाह के झूठ पर जब तालियाँ बजने लगे
सच के पैरोकार अपने होंठ खुद सिलने लगे।

शक्ल अपनी देख कर जब बादशाह डरने लगे
आईनों पर बेल बूटे सौ गुना बढ़ने लगे।

पीठ पर उनके छपे थे बादशाही दस्तखत
कागजी थे पैरहन, बरसात में गलने लगे।

बादशाह के झूठ को सच में बदलते जो रहे
एक दिन उस झूठ को जीते हुए मरने लगे।

आप जीते हैं कि मरते, बादशाह को क्या फरक
आपकी खाली जगह को दूसरे भरने लगे।

आप मातम में रहें या महफिल-ए-आदाब में
बादशाह का मन हुआ औ' आप पर हँसने लगे।

(महफिल-ए-आदाब-शिष्टाचार वाली सभा, सभ्य लोगों की सभा)

92

बहुत करीब तक जाकर मैं उनके लौट आया
बगैर फर्ज-ए-रिफाकत निभाये लौट आया।

जुबाँ खमोश, निगाहें बयान कर न सकीं
यूँ अपने आप का तार्रुफ करा के लौट आया।

करीब होना भी उनके खुदा की नेमत है
उसी खुलूस को दिल में बसा के लौट आया।

अँधेरी रात में सारा जहान रोशन था
लुटा के ऐसे अँधेरे सहर पे लौट आया।

उठीं जो उनकी निगाहें चिराग जलने लगे
वो चाँदनी थी, नहा कर मैं जिसमें लौट आया।

लटों के खुलने सँवरने में रात बीत गई
नजर में वो ही नजारे समेटे लौट आया।

(रिफाकत-मेलजोल; तार्रुफ- परिचय; खुलूस- पवित्रता)

93

वे शख़्स लाजवाब थे, हमको पता न था
बेहद औ' बेहिसाब थे, हमको पता न था।

आये खयाल उनके महकने लगी फिजा
खिलता हुआ गुलाब थे, हमको पता न था।

उनसे मिली नजर कि बहकता चला हूँ मैं
छलका रहे शराब थे, हमको पता न था।

पढ़ने की जुस्तजू में बीनाई खो गई
वो जादुई किताब थे, हमको पता न था।

कुछ चम्पई-गुलाबी, कुछ सुर्ख बदलियाँ
रंगीन माहताब थे, हमको पता न था।

जब भी मिला वो शख़्स नया सा लगा अदीब
रुख पे कई नकाब थे, हमको पता न था।

(जुस्तजू- चाहत; बीनाई-दृष्टि, नजरिया)

94

हमारी नींद के लम्हे चुराये जा रहे हैं
हमारे चैन के पल वो घटाये जा रहे हैं।

हमारे ख्वाब को बाजार में नीलाम करके
हमारी रात को वे दिन बताये जा रहे हैं।

बदन दुहरा हुआ अपना, वजन उनका उठाने में
इसे महसूस कर वे और खाये जा रहे हैं।

फिसल जायें हथेली से, कभी रुकते नहीं हैं
हमें यह कौन से सिक्के थमाये जा रहे हैं।

सिकुड़ती जा रही हैं चादरें अपनी मुसलसल
अजी सरकार हैं, वेतन घटाये जा रहे हैं।

मुकर्रर कह रहे हैं वो मगर हमको पता है
गजल बहरे नवाबों को सुनाये जा रहे हैं।

(मुसलसल-निरंतर, लगातार; मुकर्रर-दुहराने का अनुरोध करना)

95

पलक के बंद किवाड़ों को पार कर आया
न जाने कब वो जहन में मेरे उतर आया।

दबे हुए थे सभी जेवरों की लकदक से
गजब की सादगी से हुस्न वो उभर आया।

जिन्हें गुरूर था, तारों से टिमटिमाने लगे
जमीं पे जिस घड़ी वो महजबीं नजर आया।

कभी झिझकते, ठिठकते हुए औ' शर्माते
कई मुकाम मुहब्बत के पार कर आया।

गली के मोड़ तक जाना भी जिनका मुश्किल था
कहाँ कहाँ से गुजर कर वो मेरे घर आया।

ये ख्वाब है तो मुझे ख्वाब ही में रहने दो
मजा विसाल का अब हिज्र में सँवर आया।

96

निगाहों की छुअन से सुर्ख पानी बन गया हूँ
तेरा साया पड़ा तो रंग धानी बन गया हूँ।

मेरा किरदार कल तक जिक्र के काबिल नहीं था
निगाहे-हुस्न पड़ते ही कहानी बन गया हूँ।

किसी तालाब के ठहरे हुए पानी में जैसे
गिरी इक शोख मछली औ' रवानी बन गया हूँ।

मुझे छूकर तेरे आगोश में सब डूब जाते
शहर में इश्क की जिन्दा निशानी बन गया हूँ।

हजारों ख्वाब तपती धूप में मुरझा गए थे
पिघलती चाँदनी में रातरानी बन गया हूँ।

97

रूठना हँसना हमारा सब तुम्हारा हो चुका
मुद्दतों पहले न जाने कब तुम्हारा हो चुका।

देख कर मुझको सभी तुमको पुकारे जा रहे
शख्सियत ढलती गई हर ढब तुम्हारा हो चुका।

एक नक्श-ए-पा जबीं पे दूसरा मेरे जिगर पे
अब कोई क्या लेगा मुझसे सब तुम्हारा हो चुका।

ख्वाब मेरे हों मुकम्मल ये तुम्हारा फर्ज है
इक मलंग जान-ओ-जिगर से अब तुम्हारा हो चुका।

बज्म में तेरी रकीबों की सताइश है अदीब
उनकी परवाह क्यों करूँ मैं जब तुम्हारा हो चुका।

(शख्सियत-व्यक्तित्व; ढब-सलीका; नक्श-ए-पा- पाँव के निशान; जबीं-ललाट; मलंग-फकीर; बज्म-सभा; रकीब-प्रतिद्वन्द्वी; सताइश-प्रशंसा)

98

निगाहों में तुम्हीं तुम हो, दिखेगा दूसरा कैसे
हमेशा पास हो दिल के, रखोगे फासला कैसे।

ये माना तंगदिल हूँ और तुम पतली छरहरी हो
मेरे दिल में सिवा तेरे, बसेगा दूसरा कैसे।

हमारी तिश्नगी बुझ ना सकेगी जाम-ए-जन्नत से
तेरे जूठे पियालों के बिना, होगा नशा कैसे।

हवाओं के भरोसे हो, घड़ी भर में जो रुख बदलें
कोई तिनका नहीं टिकता, बनेगा आशियाँ कैसे।

बहुत नाजुक पतंगें हैं मगर तूफाँ से लड़ जायें
अगर आयें जमीं पर, थाम लूँगा देखना कैसे।

दिल-ए-नादाँ ये दुनिया है किसी तूफान की माफिक
मुहब्बत एक खुशबू है, बचायेगा यहाँ कैसे।

जमाने भर की रुसवाई लिखे तू जिसके माथे पर
बता ऐ जिन्दगी हमको, न होगा सिरफिरा कैसे।

(तिश्नगी-प्यास; रुसवाई-बदनामी, बेइज्जती)

99

निगाह-ए-बेसबर निकले, खयाल-ए-बेफिकर निकले
जिसे तू देख ले दम भर, जहान-ए-दर-बदर निकले।

कभी जिक्र-ए-सफर निकले, कभी फिक्र-ए-सफर निकले
अगर तू हमसफर हो तो, सफर से इक सफर निकले।

हकीकत की लपट से ख्वाहिशों के पर सदा झुलसे
ठहर जा ऐ दिल-ए-नादाँ, तेरे ख्वाबों के पर निकले।

मेरी वहशत, मेरी दीवानगी को तू नहीं समझे
हथेली पर जिगर लेकर, रकीबों की डगर निकले।

उठा दे तू मुझे दर से, मुझे क्या फर्क पड़ता है
जहाँ पर बैठ जाऊँ मैं, वही तेरा शहर निकले।

निगाहें फेर लेने से फना मैं हो न जाऊँगा
गली-कूचे, दरो-दीवार से मेरी नजर निकले।

100

देखी है हमने उनकी, आदत अजीब सी
नजरों से जाम ढ़ालें, फितरत अजीब सी।

आँखें पिला रही हैं, आँखों से पी रहे हैं
लब से कभी लगा लें, हसरत अजीब सी।

शीशे में अक्स उनका, उन पर चमकता शीशा
होती है उनके रुख की रंगत, अजीब सी।

खुद से नजर मिला कर उनको शरम लगे है
हर आईने से बचते, हरकत अजीब सी।

वो सामने नहीं तो तस्वीर ही अदीब
तुमको भी लगी, मयकशी की लत, अजीब सी।

101

उसे तो नींद हमें रतजगे मिले यारों
हमारा साथ कहो कैसे अब निभे यारों।

उसे जो आ गई है नींद, कोई बात नहीं
सितारे साथ मेरे रात भर जगे यारों।

हमारे पाँव के छाले अजीज हैं हमको
तमाम मंजिलों के बाद यह मिले यारों।

हमारी आँख के आँसू न पोंछना कोई
हमारे अश्क से अब तक कई जले यारों।

जिसे तलाश रहा था अदीब बरसों से
उसी की रहगुजर से बेखबर रहे यारों।

102

जमीर सो गया है, तुम उसे उठाओ मत
सुकून मिल गया है, छेड़ कर भगाओ मत।

जगा था जब जमीर, दिल को बेकरारी थी
करार आ गया है, नींद से जगाओ मत।

जगे जमीर को हर गन्दगी से नफरत थी
उसी में लोट रहा अब, यूँ खिलखिलाओ मत।

जमीर जग गया तो जिन्दगी ही मुश्किल है
जमीर भी है कोई चीज, आजमाओ मत।

जिसे यकीन है, उसका जमीर जिन्दा है
मजार बन चुका है उसका, यह जताओ मत।

उसे यह शौक है, हर रूह जरखरीद रहे
जमीर बच गए हैं, किसके, यह बताओ मत।

(जरखरीद- मोल लिया हुआ, गुलाम)

103

मुझको तेरे सिवा कुछ दिखाई न दे
जिसमें तू न दिखे वो बीनाई न दे।

जिस फसाने में तेरा जिकर तक न हो
वो फसाना हमें फिर सुनाई न दे।

हर शजर में दिखे, हर बशर में दिखे
सिर्फ दैरो-हरम में दिखाई न दे।

मेरे किरदार में भी चमक कुछ रहे
सिर्फ गालों को मेरे लुनाई न दे।

रूह उजली रहे और नीयत शफक
तन-बदन की महज तू सफाई न दे।

रहगुजर हो कोई जब है मंजिल तू ही
कौम से कौम की फिर लड़ाई न दे।

(शजर- वृक्ष; बशर-आदमी; लुनाई-सुंदरता; शफक-स्वच्छ)

104

ऊपर साहब नीचे बाबू, दोनों लगते हैं बेकाबू
नया मुलाजिम दुविधा में है, अपना हिस्सा कैसे माँगूँ।

साहब की नीयत है खोटी, पतली फाइल करता मोटी
सुबह शाम सोचा करता है, कहाँ-कहाँ बैठाऊँ गोटी।

हर टेबल पर एक सवाल, कितनी लाये नोटें लाल
सारी मुश्किल हल करवाता, है साहब का खास दलाल।

यहाँ शिकारी सब होशियार, मुश्क चढ़ाये हैं तैयार
कलम बनी इनकी हथियार, आ जाये बस एक शिकार।

सरकारी हो या प्राइवेट, हर दफ़्तर का खुला है रेट
नाम अलग होते हैं सबके, गिफ़्ट कमीशन रिश्वत भेंट।

नीचे से तुम ऊपर जाओ या ऊपर से देखो नीचे
पाओगे ये अमरबेल सा जनता का सारा रस खींचे।

105

कुहरे में डूबी है जमीं, कुहरे में डूबा आसमान
कुहरे में डूबी है सड़क, कुहरे में डूबा है मकान।

कुहरे में डूबा चाँद है, कुहरे में डूबा आफताब
कुहरे में सोई रात है, कुहरे में जगता है विहान।

कुहरे में लेटी है नदी, कुहरे में सोये पड़े ताल
कुहरा नीचे से ऊपर तक, कुहरे में डूबा सब जहान।

कुहरे में सिमटे खेत-बाग, सीना ताने जो चैत मास
कुहरे में खोयी है कोयल, सुन पड़ती उसकी नहीं तान।

कुहरा दुर्घटना का कारण, इससे जन का होता विनाश
कुहरे में पथ का ज्ञान नहीं, राही का भटका रहे ध्यान।

कुहरे में चरते साँड़ खेत, रखवाली करता है किसान
कुहरे में दुश्मन करे वार, सीमा पर पहरा दे जवान।

कुहरा जब मानस पर छाये, मिट जाये रिश्तों का खयाल
कुहरे का बढ़ता जब प्रकोप, ऐंठी-ऐंठी रहती जुबान।

106

तू जो कहने से डरता है, मैं वह सब बातें कहता हूँ
तेरी आँखों में जो उमड़ी, मैं वो बरसातें लिखता हूँ।

तेरे भावों से आलोड़ित होकर लहरों सा उठता हूँ
आँधी उठती तेरे दिल में औ’ झंझा सा मैं बहता हूँ।

तेरे तलवों के काँटों को मैं इन पलकों से चुनता हूँ
औ’ काँटा बोने वालों की राहों का काँटा बनता हूँ।

तेरे आँसू की बूँद-बूँद से मैं दवात को भरता हूँ
तेरी आहों को शब्दों में जीवन भर ढ़ाला करता हूँ।

मेरे हाथों ने कलम गही, कागद को काला करता हूँ
मैं शायर हूँ, तेरी खातिर सारी दुनिया से लड़ता हूँ।

107

सोहबत में जब से आये बरबाद हैं जनाब
गर्दिश में हैं सितारे, धुँधला है आफताब।

खुशियाँ दिखें उफक पे, होतीं न दस्तयाब
हर गाम वो ही दूरी, सहरा में ज्यों सराब।

दिन में उड़ान भरते, बनते हैं कामयाब
हर शाम नालियों में औंधे मिलें उकाब।

जिसने गले लगाया नीयत हुई खराब
खींचें कहीं पे घूँघट, नोचें कहीं हिजाब।

माँ-बाप को शिकायत, बहनों को इज्तिराब
बीबी बहा रही है गंगो-जमन दोआब।

दोजख की आँच उसको देती है रंगो-आब
छलनी करे जिगर को, गुर्दा करे खराब।

सिर पे उसे चढ़ाया, हस्ती बनी हबाब
भूखों मरे हैं वह जो कल तक रहे नवाब।

बर्बादियों का उनके होगा वहाँ हिसाब
साकी, दुकान मालिक भी होंगे इन्तखाब।

पढ़ते हैं जो कसीदे, लिखते रहे जो बाब
यमराज के सवालों पे होंगे लाजवाब।

रोको अदीब उनको पीते हैं जो शराब
आगाज में मजा है, अंजाम में अजाब।

(सोहबत-संगत, आफताब-सूरज, उफक-क्षितिज, दस्तयाब-प्राप्त, गाम-कदम, सहरा-रेगिस्तान, सराब-मृगमरीचिका, उकाब-गरुड़, इज्तिराब-कोफ्त, हबाब-बुलबुला, इन्तखाब-नामांकन, बाब-अध्याय, अजाब-नारकीय दण्ड)

गजल सं.-18 का परिशिष्ट

फारस के शीराज शहर में चौदहवीं शताब्दी में पैदा हुये ख्वाजा शम्स-अल-दीन मोहम्मद हाफिज को बादशाह तैमूर का संरक्षण प्राप्त था। कहा जाता है कि हाफिज शीराजी के एक शेर से तैमूर बहुत नाराज हो गया, उसने शीराजी को दरबार में बुलवा भेजा। वह शेर इस प्रकार था–

अगर आन तुर्क-ए-शिराजी बेदस्त अरद-डेल-ए-मारा

बखाल-ए-हिंदुवश बख्शम समरकंद ओ बोखारा रा। (यदि वह तुर्की शिराजी मेरे दिल को थाम ले तो मैं उसके काले तिल पर समरकंद और बुखारा को न्योछावर कर दूँगा।)

तैमूर ने उससे पूछा कि जिस समरकंद और बुखारा शहरों को मैंने लाखों लोगों की हत्या कर, सैकड़ों शहरों को लूट कर चमकाया है, समृद्ध बनाया है, उसे तुम एक लड़की के छोटे से तिल पर कुर्बान करने की बात करते हो। वक्तृत्वकला में निपुण शीराजी ने तैमूर को इस शेर की आध्यात्मिक, सूफियाना तरीके से व्याख्या कर समझाने का प्रयास किया। शीराजी मृत्युदंड से तो बच गया परन्तु उसे तैमूर के प्रिय शहरों समरकंद और बुखारा से निष्कासित कर दिया गया।

गजल सं.-84 का परिशिष्ट

फारस के तूर में नौवीं सदी में पैदा मंसूर अल हल्लाज एक कवि और सूफी विचारक था, जिसने अन-अल-हक्क (मैं सच हूँ) का नारा दिया। मंसूर के नारे को वैदिक अहं ब्रह्मास्मि के सिद्धांत के समान माना जाता है, जिसे इस्लाम के विपरीत माना गया और इस नारे के लिए सन् 922ई0 में खलीफा के आदेश पर फाँसी पर लटका दिया गया।

www.ingramcontent.com/pod-product-compliance
Lightning Source LLC
LaVergne TN
LVHW040803051026
849519LV00007BA/2602
* 9 7 8 9 3 5 8 6 9 6 0 7 3 *